Edition Mundart · Werner Puschner · Mir schenke uns gar nix

Für meine Schwester Steffi

Werner Puschner

Mir schenke uns gar nix

Neue Weihnachtsbagatellen

Edition Mundart

Edition Mundart
Herausgegeben von
Thomas Lindemann

Redaktion und Satz
Sabrina Dudenhöffer
Constanze Lindemann

Mitarbeit
Rebecca Barth
Kurt Fay

Titelgestaltung
Thomas Lindemann

Bibliografische Information Der Deutschen Bibliothek
Die Deutsche Bibliothek verzeichnet diese Publikation in der Deutschen Nationalbibliografie; detaillierte bibliografische Daten sind im Internet über http://dnb.ddb.de abrufbar.

8.–11. Tausend Oktober 2007
Info Verlag GmbH
Käppelestraße 10, D-76131 Karlsruhe
Telefon 0721/617888, Fax 0721/621238
www.infoverlag.de

ISBN 978-3-88190-375-2

Inhalt

Die krumme Spitz vom Weihnachtsbaum

Statt Tee, der duftend vor mir steht, hätt ich gern lieber doch en Kaffee. Am flache Meeresstrand vermiss ich d'Berge. In de Kunstausstellung, die Meisterwerke zeigt aus alle Herreländer un Epoche, isch die Beleuchtung net genauso duster-hell, wie ich mirs vorstell. Der Dobser uff de einwandfrei polierte Kühlerhaub, des Härle in de wunderbarste Supp, im Zwischeraum von Eck- un Backezahn des Faserreschtle von dem zarte Rinderfiletstück, des Körnle im Getriebe, der Stein im Schuh, die Muck, die regungslos die weiße Wand ziert, die krumme Spitz vom gschmackvoll gschmückte Weihnachtsbaum ...

... die alle, die vergälle mir mei Lebe, die alle, die sin schuld, dass ich net mit de Welt vollkomme einig un im Reine bin, nur langsam un nur hinkend vorwärts komm.

Wenn die net wäre ...

... lägs an mir.

Leichte Geburte

Mol gucke, was rauskommt, hat die Schwangere, die am Nachmittag noch Ausstecherlen un Anisplätzlen gebacke hat, sich selber zugsproche, wie d'Wehe eigsetzt habe, nachdem se ihr zwei Mädlen, die beim Backe fleißig mitgholfe ghabt habe, noch ins Bett gebracht un sich dann in d'Klinik hat fahre lasse, weil se von Hausgeburte nix hält.
Mol gucke, was rauskommt, hat der werdende Vater zu seim Vorgsetzte gsagt, bevor er sein Rechner runner gfahre hat, nachdem sei Frau ihn angrufe, bevor se d'Kinner ins Bett gebracht ghabt hat, weil d'Wehe leicht eigsetzt habe.
Mol gucke, was rauskommt, hat die Mutter von der hochschwangere Frau zu ihrer Nachbarin gsagt, bevor dere ihr Mann, weil ihr eigener Mann zwei Jahr vorher an Herzversage gstorbe isch, sie zu ihrer Tochter gfahre hat, nachdem die, nachdem se ihrn Mann im Büro alarmiert, bevor se ihr zwei Kinner noch ins Bett gebracht ghabt hat, bei ihr angrufe un gsagt ghabt hat, dass es losging mit de Wehe un sie gebete hat, doch möglichscht schnell zu komme, so wies seit Woche ausgmacht gwese sei.
Mol gucke, was rauskommt, hat die annere Frau, nachdem ihr Mann mit ihrer Nachbarin losgfahre war, weil die seit zwei Jahr Witwe war, ohne Führerschein, zu

ihrer Schwiegertochter am Telefon gsagt, die aber was ganz anneres wisse wollt, nämlich ob se ausnahmsweis ihrn dreijährige Sohn zum Übernachte bringe dürft, weil kurz zuvor ihr Mann angrufe un mitgeteilt hätt, dass er gern mit seiner Frau schick esse gehe würd, weil er e gute Nachricht hätt un was zu feiere.
Mol gucke, was rauskommt, hat die Schwiegertochter am End vom Gspräch zu ihrer Schwiegermutter gsagt un in Gedanke ausgsponne, was sich für sie konkret verändere könnt, wenn des tatsächlich rauskomme sollt, was sie sich schon lang erträumt un wünscht im Blick uff ihrem Mann sei berufliche Laufbahn, weil, wenns des tatsächlich wär, was sie hofft, des für ihr Lebensgestaltung erhebliche, positive Auswirkunge habe könnt.
Mol gucke, was tatsächlich unnerm Strich rauskommt, hat der Mann, nachdem s'Kind zu de Oma gebracht war, dann beim Nobelitaliener, wo ma sich s'viergängige Adventsmenü gegönnt hat, zur Feier des Tages, zu seiner Frau gsagt, bevor er s'erschte Mol mit ihr angstoße hat an dem Tag, nachdem ihm sein Chef gsagt hat, dass er ihn ausersehe hätt für e frei werdende Führungsposition.
Mol gucke, was dabei rauskommt, hat der Chef von dem Mann, der beim Nobelitaliener seiner Frau zugeproschtet hat, zu seiner Gattin nach em gemeinsame Abendesse in de Küche gsagt, nachdem er ihr von seiner zuvor getroffene Personalentscheidung im Betrieb erzählt hat. Formvollendetes Spritzgebäck aus de erschte Confiserie am Ort hat ihn anglacht, aber er hat de

Genuss noch nausgezögert, wollt sich erscht noch e Weile druff freue, de Hunger war jo schon gstillt. Sei Frau hat ihm höflich zughört un nachdem er geendet ghabt hat, mitgeteilt, dass sie, bevor er aus em Betrieb heimgekomme sei, en Hautarzttermin ghabt hätt, wege ihrm veränderte Muttermal, der hätt e Gewebeprobe gnomme un sie würd momentan an nix anneres denke könne wie da dran, was bei der Analyse rauskommt. Ihr Mann hat betrete kurz gschwiege un sich e bissle gschämt, weil er seiner Frau davor sei Angelegeheite, wie eigentlich immer, ohne zu frage, uffgedrängt ghabt hat. Ohne Scham, ohne Pathos, ohne tiefsinnige Blickerei in d'Auge hat er kurz danach ihr Händ gnomme un ganz eifach gsagt: „Egal, was rauskommt, mir nemes wies isch zusamme."
Mol gucke, was rauskommt, hat der diensthabende Arzt zu de Hebamm gsagt un routinemäßig sei Handschuh übergstreift, sein Job professionell, aber net ohne Anteilnahme, zwische zwei un drei in de Nacht verrichtet, genau wie die Hebamm an seiner Seit ...

„En Bub, endlich en Bub, knapp sechs Pfund, en Prachtkerle, en Stammhalter, e Brüderle für zwei ältere Schwestern, beinah e Christkindle, wenn er nur drei Tag später uff d'Welt gekomme wär, sechshunnert Euro mehr im Monat, en negativer Befund, also kein Krebs, e gute Entwicklung im Betrieb dank ere geglückte Neubesetzung von ere Schlüsselposition, des alles isch rausgekomme am End!"

Alle habe ihrs freudig un erleichtert angnomme. Es ware lauter leichte Geburte. Ma hat wirklich fröhliche Weihnachte überall ghabt.
Kurz druff, Dreikönig war kaum rum, gings bei allene schon ums Nächschte, wo ma sich frage musst, was wohl diesmol rauskomme wird, s'gleiche Spiel, sozusage s'direkt folgende, wie beime Skatabend, nur mit e bissle mehr wissende, mulmige Vorahnunge, dass was anneres rauskomme könnt, ja müsst, aus statistische Gründ, weil beim letschte Mol alles so glatt gloffe war. Allerdings war ma au ausgstattet mit eme zusätzliche Quäntle Vertraue, des ma sich bei de letschte Runde uff d'Seit glegt hat, Vertraue, dass es mit Sicherheit mehr Ausnahme gibt von de Regel wies d'Wahrscheinlichkeit vorsieht.
Wege dene paar Gramm, die zuverlässig dazukomme, ischs auszuhalte uff Dauer.

Drei Kaffeetante un en Onkel

„Isch des net grässlich?“, fragt d’Tante Helma in d’Runde. Die Anwesende nicke alle schon e Mol mit em Kopf, weil se sicher sei könne, dass des von der 72-jährige Frau Angedeutete, Mutter von zwei Söhn un Oma von vier Enkel, mit Sicherheit grässlich isch. D’Pauline, die au mehrfach Tante un Großmutter isch, Cousine zu de Helma un de Irmgard, raucht grad e Ernte 23 zwische erschtem un zweitem Tässle. D’Irmgard probiert ihr eigene Linzertort, wie d’Helma dann den Zeitungsbericht über den Frontalzusammestoß zwische Fischweier un Neurod mit ihre Worte widdergibt, wo d’Beifahrerin immer noch im Koma liegt un em Fahrer de rechte Fuß abgrisse worre isch. „Der Laschtwagefahrer kann jo zum Glück nix dafür, zum Glück, der tät jo sei Lebtag nimmer glücklich werre, un passiert isch em au nix, de Schrecke halt.“ De Onkel Eugen, der sich grad Puderzucker vom Hemdsärmel klopft un Marmelad vom Manschetteknopf reibt, die von eme Hildabrötle herrühre, des in tausend Teile, des heißt genaugnomme in vier, zerbroche isch, wie ers angebisse hat, zeigt, dass er dem Gspräch trotzdem folgt, indem er „schrecklich, schrecklich“ sagt. D’Tante Pauline hat au Zeitung glese un kommt net drübber weg, dass e 19-jährige Mutter ihrm Kind de Kopf abgschnitte hat, un spekuliert, warum un wie so was vorkomme kann. Em Eugen sein Hemdsärmel isch widder soweit sauber un der sagt jetzt was Weises: „Ihr solltet net so viel Zeitung lese.“ Sei Frau un sei Schwägerin stimme ihrm Chauffeur zu. „Do hasch Recht! S’steht jo doch nix Gscheites drin, bloß Grausamkeite, die eim uffrege. Ma sollt se abbestelle.“

Alle sin sich einig un e Weile ruhig. De Kaffee steht vollekanne im Mittelpunkt. E Kuchegablekonzert untermalt sein Ufftritt. Dann sagt Irmgard: „In mei Linzertort kommt nur Himbeermarmelad, selbergekochte, un en Schuss Kirschwasser un die Hildabrötle sin nur mit Gelee von eigene Quitte gfüllt, was anneres kommt mir net nei.“

Zwische Weihnachtsbrötle, Linzertort un Mord verläuft des adventliche Kaffeestündle, des neunzig Minute dauert. S’Abonnemont von de BNN steht net wirklich in Frage. Vieles, was dort zu lese sei, sei zwar grausam, do isch ma sich einig un des sollt ma gar net lese, ma würds in Zukunft eifach überblättere. „Aber ohne Tageszeitung könnt ma dann doch net sei, wege de Todesanzeige“, meint Helma. „Woher sollt ma sonscht erfahre, wenn ebber sterbt. Ma könnt womöglich en Beerdigungstermin verpasse.“

Un de Eugen druff: „Ich geh grundsätzlich zu keinem seiner Beerdigung mehr, weil der jo zu meinere au net kommt. Hochzeite seies Äußerschte, oder e Tauf, wo er noch hinging, weils do noch was anneres wie trockenen Hefezopf un koffeinfreien Kaffee zum Esse un Trinke gäb.“

An der Ostsee küsste ...

Er un Sie, im Dunkle stehend hinner de Terrassetür von ihrer Doppelhaushälfte, naus guckend, gleiche Blickrichtung. E finstere Dezembernacht, sternlos, erst recht kein Mond, eigentlich eher wie November, aber trotzdem Dezember. Uff em Dächle vom Gerätehäusle im hinnerste Teil von dem kompakte Gärtle (6 m uff immerhin 8,50 m) e brennendes Taschelämple, e Funzel, die nix erhellt. Dunkle Fenster, runnerglassene Rolläde, wie sichs ghört. Im Prinzip sieht ma nix, also wirklich kei uffwendiges Bühnebild. Von drauße isch au nix zu höre. Ma muss sich alles vorstelle.

Sie: Do drauße blinkt was.
Er: Des isch e Schiff.
Sie: Des könnt aber au en Leuchtturm sei.
Er: In die Richtung gibt's kei Land mehr.
Sie: Ich seh kei Schiff.
Er: Ich seh au bloß sei Licht.
Sie: Dann könnt des genauso de Abendstern sei.
Er: Der blinkt net un steht net so tief. Des Licht leuchtet ganz am Horizont.
Sie: Ich kann kein Horizont ausmache im Dunkel.
Er: Natürlich net. Ma sieht jo nix, so dunkel wies heut isch. Aber ma hörts Meer, vor uns isch Wasser, so weit wie ma gucke könnt. Am End wär dann de Horizont.

Sie: De Horizont hört man net ...
Ein heller Punkt isch zu sehe. Des isch alles.

Er: Des isch doch viel. Guck en e Weile an.

Sie: Der bewegt sich.

Er: Des isch e Schiff, wo nach Oste fahrt, nach Riga.

Sie: Glaubsch du eigentlich selber, was verzählsch?

Er: Ich sag des, was mir durch de Kopf geht.

Sie: Des Schiff nach Riga denksch du dir also.

Er: Ich bitt dich, guck ins Dunkel, dann siehschs doch mit eigene Auge.

Sie: Ich seh Dunkelheit, des heißt, durch die guck ich durch. Wirklich sehe kann ich nur des Lichtle un des bewegt sich. Des kann alles Mögliche sei.

Er: De Mozartexpress von Paris nach Wien über Salzburg?

Sie: Natürlich net, aber du ime Cabriolet uff em Weg nach Stockholm, zu ere blonde Schwedin.

Er: Rücklichter wäre rot.

Sie: Stimmt, des Licht isch weiß.

Er: Außerdem hab ich weder mit schnelle Autos noch mit Schweden irgendwas am Hut.
Des kanns net sei.

Sie: Des kann wohl sei. Es gibt so viele Sache, mit dene ma absolut nix am Hut hat. Es gibt noch viel mehr wie ma denkt, dass es gibt.

Er: Hasch au widder Recht ... Weisch was? Des gfallt mir, wie mir grad schwätze. Ich red gern mit dir über e Licht, wo alles sei könnt.

Sie: Dann komm doch e bissle näher un küss mich.

Er: Wo isch dein Mund.

Sie: Hier, wo des Wort herkommt.
Er: Ach, da bisch du ...
Sie: Des war schön. Halt mich noch ...
An was denksch jetzt?
Er: Die kennsch du net ...
Sie: Alter Witz, aber net schlecht ...
Er: An was denksch du, sei ehrlich.
Sie: Du ihn au net ... Lass uns schnell heimgehe in unser schnuckligs Wohnwägele.
Er: S'Meer hat was.
Sie: Schad, dass die Fahrt immer so weit isch.
Er: Daheim male ma uns d'Ostsee eifach aus.
Sie: Mache ma. Alles, was ma dafür brauche, habe ma dort jederzeit.
Er: Stimmt, jede Menge Nacht, bald widder viel mehr, wie uns lieb isch, bald sin d'Tage widder ganz kurz, dafür gspickt mit Termine un Stress. E Taschelämple langt uns.
Sie: Für was?
Er: Fürs Schiff nach Riga.
Sie: Küsse geht überall.
Er: ... du könntsch dir daheim sogar mich vorstelle dabei ...
Sie: Des sehe ma dann. Mach jetzt de Augeblick net kaputt ... Schatz, küss mich.
Er: Uff em Campingplatz ... im Wohnwage ...
wo Licht isch, Schatz!

S'ultimative Weihnachtsgschenk

En Text muss lagern wie en Rotwein oder en Münsterkäs. Natürlich, wenn er gleich nach em Schreibe schon reif isch – des isch de Unnerschied zum Lebensmittel, in de Literatur kann des vorkommme – hat de Autor au nix dagege.
Genau besehe, gibt's aber natürlich au vergleichbare Beispiele aus de Lebensmittel- un andere Branche: en Pilzsammler, der e gutes Kilo reinschte Pfifferling, von mir aus au Steinpilz, in de erschte halbe Stund von seiner Exkursion in seiner Stofftasch tragt, tragt kei schlechtere Qualität mit sich, wie wenn er mühsam vier Stunde lang mit ere morsche Aschtgabel um irgendwelche Baumwurzle rum Laub abgedeckt hätt, um fündig zu werre. S'Beispiel vom Angler oder Ehemann, der im Advent uff de Kaiserstraß rumhetzt, ums ultimative Gschenk für sei Frau zu finde, muss ich nimmer ausführe. De Leser kann e bissle mitarbeite.
Erfolg un Qualität hänge net von de Suchdauer ab. Was eim sofort zufallt un eileuchtet, kann s'Wahre sei.
Drei Tag später isch ma aber au in dem Fall trotzdem schon widder am Schreibe, Forsche, Shoppe, Sammle, Köder auswerfe nach Pointe un Metaphern, Steinpilz, tolle Hechte.
Mir lebe in de Zeit, die fort lauft.
Manchmol stoßt ma erscht uffs Gsuchte, wenn ma grad

hat uffgebe wolle, schon widder frustriert zum Waldparkplatz trottet un seine Begleiter zaghaft vorschlagt, dass ma zamme noch wo eikehre könnt, statt daheim e Pilzgericht zu zelebriere. De Angler zieht zum Eipacke, am Vormittag um Elfe rum, sei Schnur aus em Wasser, spürt uff eimol den Widerstand, uff den er seit fünfe morgens vergeblich ghofft hat. Den große Fisch präsentiert er stolz seiner Frau. (Die hat allerdings gar kei Luscht uff Fisch, weil se noch gar net lang aus em Bett isch, wär mit eme Kaffee un ere Zigarett zu erfreue.) ((Den brüht se sich selber uff. Er verstaut derweil sei Ausrüstung in de Garage.)) (((Feuer hat se im Übrige au parat, wenn se jedes Mol warte wollt, bis der Streichhölzer uffgetriebe hat, hätt se s'Rauche schon längst uffstecke könne.))) ((((Unser Angler weiß des alles, wills aber net wisse, sonscht bräucht er net angle.))))

Aber zrück zum Eigentliche, zur Pfifferlingsuche, zum Angelsport, de Schreibkunst, de Jagd nach em ultimative Weihnachtsgschenk: Es kann jedes Mol grad umgekehrt laufe wie des Mol davor.

Oder umgekehrt.

Beim Fencheltee

Ich soll mich mehr schone, sage mei Eltern. Sie meines gut. Un sie meine damit, dass ich weniger mache soll, weniger schaffe, mich weniger uffrege, weniger afange, mehr nix tun un ausruhe. Sie habe Recht. Ich wär gern folgsam. Des wär gut für mich. Es isch Nachmittag. Ma trinkt en Fenchel-Kümmel-Tee.
„Ich bin doch net wie mei Motorrad, des net altert un net roschtet, wenns über de Winter in de Garage steht un kei Leistung bringe un net fahre muss, de Witterung net ausgsetzt isch. Verratet mir, wo der Schutzraum isch, wo mei Zeit still steht un ich mich net verbrauch, allein dadurch, dass ich nix tu. Des Etablissement miet ich uff de Stell, zum nächschte Erschte, oder kaufs, wenns de Besitzer hergebt." Meiner Roll entsprechend, wenn ich für kurz in meim Elternhaus einkehr, widersprech ich höflich.
„Leg dich e Weile do uff d'Couch!", fordert mich de Vater uff. E kleines Nickerle wirkt Wunder.
Der lebt in ere annere Zeit, im Ruhestand; egal, was er macht, er machts langsam, meditativ wie en buddhistischer Mönch, ob er Staub saugt, Bette uffschüttelt oder e Schalkartoffel mit Butter un Salz esst. Alles macht er mit ere fascht sakrale Beschaulichkeit, lasst sich von niemand un nix mehr jage, nach 83 Jahr. Ich bewunder ihn dafür, aber beiß ma natürlich uff d'Lippe, sags em net,

Söhn habe für Väter kei Lob übrig, jedenfalls net zeitlebens oder wenn se dabei sin.

„Wenigstens e halbe Stund solltsch dich ausruhe, genieß die Wärme in de Stub, ich hab extra de Ofe angmacht, Bucheholz uffglegt, des isch e ganz annere Wärme wie die von de Zentralheizung un genieß de Mutter ihrn Weihnachtsstern, der blüht au für dich, Bu!"

Geduldig wiederholt er au sei Texte, er isch nimmer druff aus, dauernd Neues un Unerhörtes zu verlautbare, reduziert sich auf des, was er für d'Wahrheit, seine, rausgfunne hat.

„Also gut, zwanzig Minute."

Ich geb mir alle Müh zu entspanne uff de Couch, werd noch mit ere Wolldecke zugedeckt. E viertel Stund später hab ich fünf neue Projekte im Kopf un verabschied mich schnell, weil ich wenigschtens eins heut noch angehe will. Mei Soll uff de Couch hab ich erfüllt. Sie lasse mich in aller Ruh davonhetze. Ich weiß, was d'Mutter zum Vater sagt oder er zu ihr, die könne d'Rolle ganz ohne Absprach wechsle: „Der wird von selber ruhiger, eines Tags, sage lasse hat er sich noch nie was." De Weihnachtsstern blüht knallrot. „Du aber au net ... un ich." Nach mehr als eme halbe Jahrhunnert Ehelebe denke beide oft gleichzeitig s'Gleiche. Aber des muss de annere trotzdem net wisse.

Huschtezeit

En Huschte isch nix Besinnliches. Trotzdem ghört er zum Advent wie Weihnachtslieder in Kaufhäuser.

En Bub legt en prachtvolle Huschteanfall hie, dass eim, au als Unbeteiligter, die ganz Kindheit hochkommt.

„E verrauchte Kneip bietet halt net grad s'ideale Klima für e Kind in dem Zustand!", frozzelt en Gascht am Trese halblaut. Er wollt eigentlich was anneres sage. Aber bis ers gmerkt hat, hat ers schon gsagt ghabt.

Des vierjährige blonde Kerlchen, e Lockeköpfle, hochrot, erschöpft und elend, lehnt sich an sei Mutter. Die schneidets Fleisch in Häppchen. Mitte unner de Woch geht se esse mit ihrm Kind ins Gaschthaus am Ort.

„Stimmt! Es herrscht kei guts Klima hier. Es sin Leut im Raum, dies vergifte, dass eim d'Auge beiße, s'Esse net gscheit schmecke will un d'Kinner Anfäll kriege ... So Mensche ersticke irgendwann an ihrm eigene Qualm. En Huschte geht rum."

Halblang drückt der Mann sei Zigarett aus. „Blöde Emanz!", denkt er, „kei Wunner, dass de alleierziehend bisch! Recht gschieht dirs!" Sage tut er jetzt lieber nix mehr. Kurz druff bezahlt er un verflüchtigt sich.

Viel zu starker Tobak von der Frau mit dem Kind mit dem Huschte. En Raucher isch doch net so cool, wie er sei Zigarett hebt, im Lebe net so stark wie er riecht, un sei Sprüch sin doch net so gmeint, sin Schall un Rauch, vor allem in Verbindung mit drei Pils ...

„ ... kei Wunner, blöde Emanz!“ Diesmol denkt er nur, was er net sagt.

Tod im Dezember

„Zum Glück sterbt ab un zu einer aus de Sippschaft, sonscht tät ma sich überhaupt nimmer sehe."
De Bernhard hats raus, wie ma d'Leut uffhorche lasst, bei Gschwister un Verschwägerte, Cousins un Cousine Empörung un Entrüschtung auslöst. Bloß will er des eigentlich gar net. Er wird dann gschnitte, monatelang meldet sich keiner bei ihm. Er denkt nach un stoßt bald druff, dass des mit dem, was un wie ers gsagt hat, zusammehänge muss.
Uff die nächschte Beerdigung von eme Verwandte, so acht Monat später schon, geht er mit dem Vorsatz, net widder was Falsches zu sage.
„Schad", sagt er diesmol, nebe de Traudel, einer von seine unzählige Großcousine, stehend un wirklich nix im Schild führend, „schad", sagt er, weils e kaum aushaltbare Situation isch, nebe jemand zu stehe, ohne dass gschwätzt wird, un seis, weil ma in kei Fettnäpfle neitrete will, „schad", sagt er, „dass mer uns schon widder sehe ..."
Beim Leicheschmaus hockt er widder isoliert, weil sich des, was de Bernhard sagt, so schnell rumspricht wie e Zimmer hell wird, wenn ma uff de Lichtschalter drückt. Widder e paar Monat später, genau gnomme sechzehn, am achte Dezember, en eiskalter Tag, an dem ma normalerweis net im Freie rumstehe würd, liefert er selber

höchschtpersönlich de Anlass für e großfamiliäre Zusammekunft von derselbe Art. Weihnachte hätt er gern noch erlebt, aber es war ihm nicht vergönnt. Er hat sei End schon e paar Woche lang vorausgsehe, gfasst un mit bewundernswerter Annahme, hat alles Notwendige noch gregelt un grichtet bis hin zu de Police von seiner Sterbeversicherung, weil er en absolut integrer un exakter Mensch war, Bürokaufmann von Beruf, über 40 Jahr lang. Weil er schon dabei un noch in der Lage war, alles bis ins Detail zu ordne für die Zeit, wo er nimmer da sei un selber rede kann, hat er au noch e Blatt mit e paar Worte hinnerlasse, die sein Sohn dann vor em Leicheschmaus im Gasthof „Linde" vortrage musst: Er bedanke sich „von hier aus" für aller Kommen. Wie sie alle wüsste, wär er nie gern im Mittelpunkt gstanne un es wär im regelrecht peinlich, un er bitte darum, ihm zu glaube, dass er liebend gern jedem von de anwesende Verwandte den ehrenvolle Platz überlasse hätt. Ime Nachsatz hat er noch drum gebete, ihn net falsch zu verstehe, falls er sich widder irgendwie missverständlich ausgedrückt hätt, die Sprache sei net sei Feld gwese, sei Lebe lang net.
Bei Hefezopf un Kaffee hat ma sich de Kopf zerbroche, wie sei letschte Grußworte richtig zu verstehe seie. Es hat sich dann allgemein in dem Nebesaal vom Gaschthaus die Überzeugung durchgsetzt, dass ers uff jeden Fall net so gmeint habe könnt, wie ers gschriebe hat, genauso wie er des, was er zu Lebzeite gsagt hat, nie so gmeint hätt, wie mas ihm oft ausglegt hätt. Die Trau-

ergemeinde hat am End mehr bedauert, dass er en Missverstandener war wie en Verstorbener, un hat em ab sofort de gebührende Rang in de Verwandtschaft zuerkannt, also en viel höhere wie bisher.
Jedenfalls hat ma ihn uff de nächschte Beerdigung arg vermisst, un mancher hat sich oder en Onkel, dem ma nur noch im schwarze Anzug begegnet, gfragt: „Was hätt de Bernhard heut wohl zu sage ghabt?“

Zimtstern un Co.

„Sin die Springerlen am beschte?"
„Oder übertreffe die Zimtstern alles?"
„Aber au so gelungene, wirklich exzellente Anispätzlen hätt ma noch nie genosse."
„Un die Kokosmakrone erscht – e Gedicht."
„S'Buttergebäck wär so was von zart, würd eim uff de Zung zergehe."
„Die Lebkuche seie perfekt im Gschmack, kei Gwürzle tät vorschmecke, e geniale, einmalige Komposition."

Ma kann sich net entscheide, wer de Sieger isch, wie die Schöpferin Pröblen aus ihre Dose rausrückt, ausnahmsweis am 19. Dezember schon, vor Weihnachte, weil se jo selber gspannt isch, wie ihre diesjährige Produktion ausgfalle isch.

Wie die Hausfrau am Weihnachtstag zum Kaffeestündle ihre Kostbarkeite kredenze will, sin alle Dose leer, abgsehe von e paar Krümel. Um des Friedens wille schimpft se net. Sie spült se sogar noch, ohne en Ton zu sage, holt im Keller de Christstolle un schneidet den schweren Herzens an, obwohl der noch e bissle trockener un älter hätt werde solle, weil er dann besser wird.

Sie schimpft net nur um des Friedens wille net. Sie freut sich sogar über den Diebstahl, insgeheim, weil jo nur

Unwiderstehliches geklaut wird, nimmts als ehrlich formuliertes Kompliment für ihre Backkünschte.

Wer de Sieger war, d'Springerlen, Zimtstern, Anisplätzlen, Kokosmakrone, s'Buttergebäck oder die Lebkuche, bleibt unergründet. Wie manchmal im Lebe bleibe von Müh un Arbeit, äußerlich gsehe, nur Brosame übrig un offene Frage.

Für unser Mutter aber kein Grund zur Resignation. Im Gegeteil, gedanklich isch se schon e Jahr weiter, grübelt rum, wie se ihr Gebäck noch perfekter hiekriege könnt, weil se, obwohl net direkt mit eme Dichter un seiner Kunscht zu vergleiche, weiß, dass ma sich au uff eme Bestsellererfolg net ausruhe darf. Ihr neues Projekt ischs, noch unwiderstehlicher zu werde, für ihre Diebe. Sie plant s'perfekte Verbreche.

Em Freddy sein Adventskalender

De Freddy, der eigfleischte Single, hat sich ime speziel-le Lade in Freiburg en spezielle Adventskalender ge-kauft. Jeden Tag im Dezember darf er e Fenschter uff-mache un von drauße ungeniert neigucke. An eim Tag gibts e blonde, am nächschte e schwarzhaarige, dann e brünette, dann e rassige rothaarige, nur leicht oder noch leichter Bekleidete zu bespanne, ohne dass ihn dabei jemand erwische könnt. In de erschte Tage hat er noch die Befürchtung ghabt, dass de Reiz irgendwann weg isch, weil gar net so viel Haarfarbe existiere, wie der Kalender Fenschter hat. Aber natürlich hat sich bald rausgstellt, dass es noch mehr Variable gibt, die en Mann uff Toure bringe un dass die noch viel bunter sin wies Haar sei könne. Außerdem hat de Freddy e mehr-jähriges Studium hinner sich, was die Frag angeht, wie mas Lebe spannend hält. Deswege öffnet er s'aktuelle Fenschterle jeden Tag immer erscht am Abend, kurz vor em Schlafegehe. Morgens, wenns naus ins Lebe geht, wo er mit offene Auge unnerwegs isch, un wo noch viele annere Mensche unnerwegs sin, vor allem au weib-liche, braucht er schließlich kei Phantasie.

Em Freddy sein Adventskalender kann ma an d'Wand hänge oder, durch Ausklappe von eme Ständerle, uff-stelle. Er steht uff seim Nachttisch. Bevor ers Licht aus-macht am Abend, davor prägt er sich gründlich die

Schöne des Tages ein, bevor er sich ganz seine täglich in e annere erotische Richtung gleitende Einschlafphantasie überlasst, resümiert er kurz sei Dasein un bestätigt sich: „Jeden Tag mit em gleiche Bild vor Auge eischlafe wies Verheiratete mache, isch net mei Ding. Ich kann mir absolut net vorstelle, wie ma e Lebe lang immer mit de gleiche Person Erregung un Höhepunkte habe kann. Ich bin en Künschtler, der immer Neues un Unerlebtes im Sinn hat un braucht."
Bis zum dritte Advent hat er allabendlich uff die Art wunderbar in de Schlaf gfunne. Dann hat sich hinner seine Augelider schleichend des Modell vom 12. Dezember vor die in de neu eröffnete Fenschter posierende Fräuleins gschobe. Kurz vor Weihnachte ischs em sogar passiert, dass er kei Luscht mehr uffs anstehende Fenschterle ghabt hat. Die letschte fünf sin bis heut verschlosse, sogar des große Tor vom 24. Dezember isch unberührt.
Am Heilige Abend isch de Freddy gedanklich immer noch beim 12. Dezember, während er, wie jedes Jahr, sei ganz persönliche Bescherung samt Solo-Gala-Menü zelebriert.
„Du wirsch dich uff dei alte Tage hin net noch emol in romantisch-monogame Spinnereie verirre!" De Freddy geht immerhin uff die sechzig zu, die sieht ma ihm aber net an, so gut wie er mit sich umgeht, regelmäßig Sport treibt, so gsund wie er sich ernährt, sein Körper nach jedem Dusche komplett eiölt, alle Wellnesstempel in de Region kennt un besucht un für etliche erholsame

Urlaube sorgt übers ganze Jahr. Während er sich so selber zugsproche hat, isch ihm sei Spiegelbild ungwollt in d'Auge gstoche, vom polierte Dessertlöffel aus, un er hat e ausgsproche langes Gsicht ageguckt. Schnell hat er sich abgwendet un sich seim letschte noch unausgepackte Gschenk zugwendet, dem Jahreskalender von de Beate Uhse, den er sich als Gschenk verpacke lasse hat unner dem Vorwand, dass der für en unglücklich verheiratete Freund sei.

Mehr mechanisch wie euphorisch hat er des Gschäft verrichtet, des er sich bis zum Schluss uffghobe hat, weil er weiß, wie wichtig s'Rauszögere isch für die Aufrechterhaltung von de Spannung. Gedanklich war er aber trotzdem net voll bei sich. Die Erfahrung mit seim Adventskalender, nämlich dass allei mit Abwechslung un permanenter Innovation doch net die absolute Sicherheit in Punkto Libido un Motivation zu garantiere isch, war ihm in d'Knoche gfahre, sozusage bis ins Mark nei. Un er hat sichs verkniffe über de Januar naus zu blättere in seim neue Jahreskalender, obwohl ihn des dort in Din A3 Format auf Hochglanzkarton gebannte Playmate (blondgfärbte Mähne mit blaue Strähne, e rosafarbenes Bikinioberteil in de linke Hand un e Schmetterlingstatoo uff de rechte Schulter un gepiercter Brustwarz) absolut net angeturnt hat. Zum Eischlafe hat er sich e gschlagene Stund lang durch alle Programme gezappt un isch dann bei de Christmette aus em Münster von Unserer Lieben Frau hängegebliebe, die in Südwest 3 live übertrage wurd. Dabei isch er eigschlafe un wahrscheinlich wär sein Fernseher bis zum Morge gloffe, wenn em net d'Fernbedienung aus de Hand geglitte wär un mit eme Geräusch uff de Bode gfalle, des laut genug war, dass de Freddy hochgfahre isch aus seim Fernsehsessel un doch noch de Weg in sei Bett gfunne hat, des nebe seim Adventskalender steht.

Bines Bilanz

Bine blättert bilanzierend rückwärts. Beim Tagebuch gehts zwar in erschter Linie ums Schreibe, trotzdem will des doch au irgendwann glese sei. Der Tag vor Sylvester bietet sich an, isch en geeigneter Termin: „Was hab ich wieder alles gmacht ...“
Sie schwätzt mit sich selber un sagts doch au zu de Biggie, ihrem vertrauteschte Mitmensch uff de ganze Welt, die sich alles anhört, egal, was es isch un die nie was Gemeines oder Destruktives druff sage würd, im Gegeteil. „Fascht jedes Wocheend im ausklingende Jahr war ich uff eme Workshop oder Seminar, hab alles Mögliche ausprobiert, mich eiglasse uff Tschi-Gong un Obertonsinge, uff Casriel-Therapie un Bonding, bin bis ins Münschterland gfahre, um en halbe Tag lang e besondere Art von Horoskop gstellt zu kriege, des de Aszendent net nur von meiner Mutter, sondern au von beide Großmütter berücksichtigt, hab meditiert in alle Stellunge, je nach Zen- oder Exerzitienmeister, hab e Drittel von meim Gehalt bei dene Gurus glasse, uff die ich mich mehr oder weniger vertrauensvoll oder skeptisch eiglasse hab. Jetzt isch schon widder e Jahr rum un nix hat mir wirklich weitergholfe. Es gibt weder en Mann, der mich heirate will, noch hab ich e eigenes Kind. Alles beim Alte, nur ich bin noch e Jahr älter un hör die biologische Uhr immer lauter un penetranter ticke.

Ach Biggie, was isch bloß los mit mir?"
Biggie lasst sich von de Bine ihre Träne, die eimol mehr übers dezent uffglegte Rouge kullere, net beeindrucke, aber sie ignoriert se au net. Wie oft hat se schon gege die angschwätzt, obwohls ihr selber kein Deut annerscht oder besser geht wie der Freundin, die se seit de Grundschul kennt, also schon fascht dreißig Jahr. Net nur im Glück, au im Unglück verhalte sich Mensche vollkomme unnerschiedlich: „Bine, du fragsch dich, was net widder alles unnernomme hasch un machschs postwendend nieder. Was glaubsch, wie viel Ehefraue un Mütter von nix annerem träume, wie ab un zu, ohne Mann un fordernde Kinner e Wocheend so zu verbringe, wie dus dir zeitlich und finanziell dauernd leischte kannsch. Dene gehts letschtlich au net besser wie uns, nur kaue se uff annerem rum, des se net runner kriege. Guck dir doch die Scheidungsrate an! Von dem Schlamassel mit un für die Kinner, wenn Ehe net klappe, ob se schlecht un recht weitergführt werde oder uffglöst, will ma gar net erscht afange, vom wirtschaftliche Ruin, wenns Projekt Familie mit zermürbende Rosenkriege endet. Bine, wenn kein Mann hasch, kann dich au keiner betrüge un schon gar net hocke lasse. Un wenn eme Kind e Freud mache willsch, leih dir en halbe Tag lang eins aus, brings widder zurück, wenn die leiblich Mutter von ihrm Stadtbummel, uff dem se wahrscheinlich bloß Sache für Mann un weitere Kinner besorgt und erledigt, erledigt heimkommt. So rum kannsch die Situation au sehe. Hättsch du denn wirklich Luscht, dei

Lebe ime Reihehaus zu frischte, wo de über fünf Paar Schuh stolpersch, wenn de Hausflur betrittsch un wo du jedes Mol erscht d'Klobrill runnerklappe musch, bevor dich hiesetze kannsch? Wolltsch du Sylvester wirklich verbringe wie dei Schwester de morgige Abend?"
De Biggie ihr Worte wirke wie Kleenextücher. „Hasch jo Recht, Biggie! ... Vielleicht frag ich nur falsch rum. Was ich alles gmacht hab dies Jahr, könnt ich wirklich au als schwarze Zahle eintrage in mei Bilanz, aber do bin ich net de Typ dafür, fürcht ich."
Zwei nimmer ganz junge, deswege aber noch lang net alte Fraue, uff em beschte Weg erwachse zu werde, habe jetzt e paar Takte lang gschwiege.
„Der Mensch, wo so bilanziert, Biggie, der bisch un bleibsch du, so oder so, ob ledig oder verheiratet." Bine klappt fascht andächtig ihr Tagebüchle zu un denkt dabei: „Du hasch gut rede, Biggie, du mit deim sonnige Gmüt ..."
Un doch isch se froh, dass die eimol mehr gut gredet hat, wenn au aus ihrem naiv-optimistische Blickwinkel raus.

Mutter un Kind

„Die Nordsee riecht nach Pommes frites."
Drei verschiedene Korrekturzeiche samt Kommentar habe den Satz vom Daniel am Rand geziert. Sowohl vom Inhalt her sei er „nicht zu halten" (I), von Stil un Ausdruck her „unglücklich" (St/A) un schließlich würde die „Begründung fehlen, die diesen Vergleich nachvollziehbar" mache (Bgr). Frau Knocke-Uhlmann, sei Lehrerin, hat sich Müh gegebe, ihr Lesart mitzuteile. Vor lauter gutem Deutsch, des se im Kopf hat, hat se net sehe könne, wie genial der Satz eigentlich em Daniel sei Erlebnisse zusammefasst.
Drei Woche war er zur Erholung in ere Mutter-Kind-Klinik in Wyk auf Föhr wege seine Krupphusteanfäll, die gelegentlich bedrohliche Ausmaße angnomme habe. Salzluft isch ihm verschriebe worde, in Verbindung mit mehrere annere Maßnahme natürlich. Die Imbissgaststätte an de Strandpromenade in Wyk auf Föhr (die Wörter „Strandpromenade" un „November" klinge uff de erschte Blick unkombinierbar, Mutter-Kind-Kure falle aber net unbedingt in die Zeit, die ma sich wünscht, ungfähr so wie ma sich au de Zeitpunkt für e Krankheit net aussucht) habe sich als des eigentliche Mekka erwiese, die em Daniel den Aufenthalt irgendwie noch lohnenswert gmacht habe. Täglich mindestens eimol hat sich sei Mutter breitschlage lasse, an der

vorbeizuflaniere un ihr Portemonnaie zu zücke. Die acht Tag Verlängerung, die die Ärzt nach em reguläre Ablauf angrate habe, ware gegeüber dem Grundschüler nur mittels Inaussichtstellung von mindestens einer tägliche Pommes-Zwischemahlzeit durchsetzbar, bei freier Auswahl zwische Ketchup, Mayo un Essig-Senf-Sauce, die in der Gegend angebote wird. (Die kulinarische Gepflogeheite, ums mol so zu umschreibe, werde, je weiter ma nach Norde kommt, immer gewöhnungsbedürftiger, obwohls eigentlich, speziell bei de Beilage, keiner Eingewöhnungsphase bedarf: Was ma dort reicht, zu allem, kennt ma au im Süde als gelegentliche Alternative zu Nudlen, Reis, Semmelknödel, Kroketten, aber halt net in der Konzentration: „Bratkartoffeln, Bratkartoffeln, Bratkartoffeln". Was habe die do obe gegesse, bevor de Kolumbus die „göttliche Frucht" von de Indios mitgebracht ghabt hat?)
Jedenfalls war uff der Insel net nur kulinarisch net viel los, au sonscht gabs net viel Spektakuläres zu entdecke, des den Bub hätt reize könne. Es war, objektiv gsagt, nix, aber au wirklich gar nix los, uff Föhr: Salzluft isch kei Ereignis; en Strandspaziergang im Frühwinter für e Kind genauso wenig, allenfalls für en bettlägrige Pflegefall wär des en Event. Un en Spielplatz isch e Angelegeheit für Kindergartekinner. Nix isch aber mehr unner de Würde von eme Grundschüler wie Kinnergarteniveau: Kein Computerzugang in de ganze Einrichtung für die Patientenschaft! Alleinerziehende Mütter verfüge vielleicht über raffinierte Tops, aber in aller Regel

net über Laptops. Die Pommes ware tatsächlich de einzige Kick im Erholungsalltag für de Daniel in Wyk auf Föhr. Dass sei Mama de ganze Tag um ihn war, er net hat in de Schülerhort müsse, war natürlich au was, aber halt kein reizvoller Ereignis, mehr so s'Fluidum, in dem die Zeit gflosse isch, de Lebensraum, in dem die Gesamtveranstaltung sich abspielt hat wie sauberes, sauerstoffreiches Wasser für d'Fisch, des dene aber, wenn se sich langweile könnte, d'Langeweile net kurzweiliger mache würd. Atme isch lebenswichtig, aber doch lang net alles.

„Pommes frites sind ungesund!"
Der Satz, der findet sich im Daniel seim Aufsatz im Schlussteil. Ihm war klar, au weil er den Satz fascht jeden Tag von irgendjemand ghört hat uff Föhr, dass er den bringe muss. Er hat en ere Krankeschwester, mit der sich sei Mutter öfter gekappelt hat, weil die ihr immer widder unnerstellt hat, dass sie im Zimmer rauche würd, in de Mund glegt. (Dass sei Mutter tatsächlich raucht, un des au in der Nordseeklinik durchghalte hat, hat er in seine schriftliche Ausführunge wegglasse.) Der Satz jedenfalls, der isch unbeanstandet durchgegange bei de Frau Knocke-Uhlmann, die sich bei der Empfehlung für die weiterführende Schule nach de vierte Klass beim Daniel noch völlig unschlüssig isch.
Sie hat en durchgehe lasse, obwohl er inhaltlich zweifelhaft isch un völlig unkorrekt, im Blick uff de Verfasser, weil die Pommes im Gesamtrahme der einiger-

maße erfolgreiche Krupphustetherapie net wegzudenke sin. Des konnt die Lehrerin aber wirklich net wisse. In Stil un Metaphorik glänzt der Satz („Pommes frites sind ungesund.") außerdem net grad, wenn er natürlich au net direkt verkehrt isch. Grammatikalisch isch er allerdings in jedem Fall anzweifelbar, weil Pommes frites kei Subjekte sin, bei dene es um die Frage gehe könnt, ob se gesund oder ungsund sin. Ungsund kann en Mensch sei oder aussehe, wenn er zum Beispiel zu lang kei Tageslicht erblickt, weil er dauernd Uffsätz korrigiert. Die Frau hätt jedenfalls mindestens ei Korrekturzeiche an de Rand schreibe müsse. Sie hats net gmacht. Vielleicht war se eifach nimmer bei de Sach, weil der Satz erscht gege End vom Daniel seim Uffsatz vorgekomme isch, oder s'Telefon hat grad geklingelt oder sie hat sogar sowieso telefoniert, während se glese hat. (E Elterngspräch womöglich ...) Es isch net zu ergründe, warum se den Satz unkommentiert glasse hat.
Wie so oft bleibe nix als Frage, wenn was rum un abgschlosse isch, wie zum Beispiel en Schulaufsatz, der gschriebe, korrigiert, benotet un zurückgegebe wurd.

„Warum darf der Satz, dass Pommes frites ungsund seie, unbeanstandet stehe bleibe an ere deutsche Schul, d'Nordsee aber net nach Pommes frites rieche, die segensreich sei könne? Wer könnt ernsthaft was gege Pommes frites einwende, wenns Öl frisch isch un die richtige Temperatur hat?"

De Daniel geht pragmatisch mit solche Frage um. Des heißt, so Frage stellt er sich gar net. Er braucht kei Frage, um was zu kapiere. (Frage hat er in der Datei „Schule“ abgspeichert.) Die Zensur für den Aufsatz hat er schnell abghakt, en Dreierminuser isch kei Highlight aber au kei Katastroph. An d'Nordsee würd er widder fahre, wenns sei müsst (en Krupphusteanfall macht jeden weich), unner der Voraussetzung, dass er widder jeden Tag Pommes kriegt. Dass die ungsund seie könnte, wär für ihn nach wie vor kei Hindernis, übrigens au net, wenn der Satz von seiner Lehrerin angstriche worde wär: erstens deswege net, weil die Einsichte von Erwachsene ihn vor gar nix abhalte un zweitens, weil sei Mutter immer eine graucht hat, nachdem er e Portion Pommes gvespert ghabt hat, manchmol au davor schon, obwohl de Bundesgesundheitsminister, im Chor mit de gesamte Gesundheistminister in Europa, sagt, dass des noch mehr wie ungsund, ja tödlich sei könnt.
Was kratze en selbstbewusste Viertklässler die Aussage von ere Krankeschwester oder Zustimmung un Ablehnung von ere Grundschullehrerin, die noch dazu mit eme absolut bescheuerte Doppelname rumlauft?

Uff e Gläsle oder zwei

„Gehe ma noch was trinke nachher?“, wird gfragt im Kino, wenn d’Werbung noch lauft vor em eigentliche Film oder flüschternd während de Gemeinderatssitzung, wenn de Ortschaftsrat von de Freie Wählervereinigung widder kei End findet, in de Theaterpaus, wo ma grad mit zwei 0,1 Liter-Gläslen Schloss Wachenheim Jahrgangssekt astoßt oder während de traditionelle betriebliche Nikolausfeier im Saal vom Kaiserhof, während de Gschäftsführer in alle Einzelheite de Erfolg vom zurückliegende Gschäftsjahr bilanziert. Dass ma danach noch was trinke geht, heißt also net, dass ma während der Veranstaltung, uff die sich des „Danach“ bezieht, net au schon was trinkt. Im Kino habe viele Besucher e Tannezäpfle in de linke Hand, in Sitzunge gibt’s Mineralwasser un uff Adventsfeiern sitzt kein Mensch trocke rum.

Ma geht schon au was trinke, wenn ma was trinke geht, aber es treibt eim net wirklich de Durscht, wie zum Beispiel en Hobbygärtner oder Jogger, die nach gründlicher Verrichtung was trinke. Was trinke gehe heißt eigentlich: zusammesitze, schwätze oder aber tatsächlich einen hebe. Einen hebe meint in Wirklichkeit zwei oder drei, so wie ma, wenn ma uff e Gläsle oder zwei zusammesitzt, meischtens e Fläschle oder zwei meint. Wenn d’Rede uffs Trinke zu spreche kommt, wird d'Sprach unpräzis, untertreibend, verschleiernd. Danach heißts dann: „Mir ware noch was trinke." Damit will ma erkläre, warum ma so spät heimgekomme isch. Un ma fügt noch hinzu: „Ich hab aber net viel getrunke."

„Warum ischs dann so spät gworre?" fragt der, dems danach isch, dem Spätheimkehrer Vorwürf oder e schlechts Gwisse zu mache.

Oder: Gsagt wird über jemand: „Der trinkt." Gmeint isch net, was der einfache Satz bedeutet, also dass der en berechtigte un wohlverdiente Durscht löscht. Gmeint isch, dass er zuviel vom Falsche zu unmögliche Zeite, vor em Frühstück, zwische Frühstück und Mittagesse, überhaupt zwische alle Mahlzeite un dazu au noch Alkoholisches trinkt. Ma teilt des hinner vorghaltener Hand mit, mehr so abwertend. Es sei denn, es handelt sich um en spezielle Trinker, en Biertrinker zum Beispiel. Der wird net unbedingt schief ageguckt, aber er gilt au net als vornehm. Weintrinker genieße schon mehr gesellschaftliches Ansehe, gelte als Kenner un was Besseres, vor allem, wenn se ihr Getränk erscht im Glas schwenke, d'Nas fachmännisch neihänge un die Flüssigkeit dann schluckweis kaue un dann mit ere Unzahl von sonscht ungebräuchliche Adjektive zu beschreibe versuche, was se uff de Zung grad erlebt hätte. Leut wo gern Apfelsaft trinke, nennt ma aber net Safttrinker oder womöglich Apfelsafttrinker. En Saftlade isch im allgemeine kein Getränkemarkt, kann aber theoretisch doch einer sei. Wer im Gaschthaus en Tomatesaft bestellt, hat

Gründe dafür. Wenn Polizischte Autofahrer anhalte, sage die meischtens: „Ich hab nix getrunke." Egal, was se getrunke habe. Wenns Trinke zur Sprach kommt, wird viel gloge, verschleiert oder schlichtweg nur noch glallt.

Ma trinkt Flüssiges. In de Literatur werde aber au annere Sache getrunke, wie Sonnelicht, Dunkelheit, Gegeständ, Gerüch. „Er trank diesen bröseligen Harzduft, er ertrank darin, imprägnierte sich damit bis in die letzte innerste Pore", schreibt zum Beispiel Patrick Süskind in seim Roman „Das Parfüm". „Getränke in der deutschen Literatur" könnt e ergiebiges Promotionsthema im Fach Literaturwissenschaft heiße. Ich könnt mir vorstelle, dass ma dafür vielleicht sogar en private Geldgeber für e Stipendium finde könnt. Ich will aber net ins Akademische abschweife.

„Tiere saufe", sagt ma. Ma sagts au bei manche Mensche. Un im Dialekt. Saufe hat was mit de Menge zu tun un mit em Verschlappere. Aus eme kleine Glas kann ma net saufe, aus ere Flasch schon eher, aus eme Hafe oder eme Trog kann ma ausschließlich bloß saufe, trinke geht do nimmer.

E spannende Frag isch, ob Fische trinke. „Saufe" klingt von vornerei irgendwie unpassend, obwohls Tiere sin. Wahrscheinlich, weil die nix verschlappere könne. Wie sollt des gehe in flüssiger Umgebung un weil ma den Eindruck hat, dass die, wenn se überhaupt trinke, net viel trinke. Un wenn was, dann Wasser. Also: Trinke Fische? Wenn die fresse, des isch klar, kommt immer

Flüssigkeit mit ins Maul, so ähnlich wie beim Markklöslesupplöffle. Supp esse gilt aber net als Trinke. Trinke Fische also net? Ich hab en Tierarzt gfragt un der hat mir mehr erklärt, wie ich wisse wollt. „Fische trinke tatsächlich, aber sie schlucke fascht nix. Sie filtere in erschter Linie de Sauerstoff raus. Die brauche net viel Flüssigkeit, weil se net schwitze. Deswege stinke die im Wasser net, nur wenn se länger an de Luft sin. Do sin se ähnlich wie Mensche un au widder net. Mensche würde, wenn se so lang wie Fisch im Wasser wäre, dort stinke, weil se au dort schwitze würde. Des heißt s'Wasser würd allmählich nach de Mensche stinke. Schwitze heißt nämlich, Wasser über d'Haut abgebe. Do hätte ma Brühe in de Gewässer, wenn mir im Wasser lebe könnte! Die Seen un Flüss sin einigermaße sauber, weil Fische net nur net schwitze, sondern au net viel pinkle, nur minimal", so der Veterinär. „Vögel pinkle gar net", sagt er, „un trinke noch weniger wie Fisch. Trinke würd se zu schwer mache zum Fliege. Mit eme flüssig gfüllte Bauch isch net gut segle un schwebe. Schafe sieht ma au selte trinke. Die nemes Wasser vorwiegend aus em Gras un de Kräuter."

Uns Mensche langt die Flüssigkeit aus em Salat net, mir trinke extra was dazu, en trockene Weißwein, e Pils oder e Lassie sauer. Un mir schwätze was dazu, beziehungsweis mir trinke was zum Tischgespräch.

Trinke isch immer e Art Nebetätigkeit: Ma trinkt was zu was, neuen Wein zu Zwiebelkuche, Rotwein zu Käs, Bier zur Brezel, Kaffee zum Kuche. Ma esst, um satt zu

werde, aus Hunger oder aus Gelüschte, s'Trinkmotiv isch diffuser. Zum Durschtlösche trinkt ma stilles Wasser oder Sprudel. Wein, Bier, Kaffee trinkt ma aus Luscht am gute Gschmack, an de belämmernde oder uffputschende oder enthemmende Wirkung.
Trinke un Droge habe de gleiche Anlaut, wenigschtens im Badische.
Wer gnug getrunke hat, kann betrunke sei oder nüchtern, je nachdem, was er getrunke hat oder wie trinkfest er isch. Des Wort „trinkfest" muss ma sich übrigens e Mol uff de Zung zergehe lasse, des isch e geniale, wenn au widersprüchliche Zusammesetzung aus zwei annere Wörter. Do werde sozusage die Aggregatzuständ „flüssig un fest„ in eim Begriff vereinigt. Tatsächlich habe trinkfeste Leut, zum Beispiel Bayern, meischtens ordentliche Bäuch, die schwabbeln un quaddeln, sin also weder ganz flüssig noch hart, von de Konsistenz am eheschte mit der von Wasserbette zu vergleiche. Es gibt kei gängiges Wort, des den Zustand beschreibt, wenn ma gnug getrunke hat, so wie beim Esse des Wort „satt". Sattheit hat kei flüssiges Pendant. „Sitt" habe e paar Sprachwissenschaftler un findige Verleger auf de Basis von ere großanglegte Umfrage einführe un durchsetze wolle, aber kein Mensch sagts. Des Wort „sitt" brauche mir net, wahrscheinlich, weil jo „einer immer noch geht." „Einer geht noch, einer geht noch nei!", singe d'Männer, wenn se eigentlich schon mehr als gnug getrunke habe. So ungfähr wie Pfälzer zähle, singe die den Vers mehrmals („eener geht noch un noch

eener geht noch un noch eener geht noch ... usw.“). Urologe finde des in Ordnung. Wege de Blas un de Niere soll ma viel trinke, rate die. De Internischt, wo für Leber und Bauchspeicheldrüs Fachmann isch, empfiehlt wenig zu trinke, allenfalls e Gläsle Rotwein am Tag fürs Herz. Was soll also en Patient sage, der uff sein Alkoholkonsum hin angsproche wird? En guter Bekannter hat e diplomatische Wendung für sich gfunne, weil er keinen von seine Ärzt anlüge oder enttäusche will. Er antwortet: „Selte“ und schiebt, e bissle leiser, dann hinnerher „wenig“. Ärzt rechne bei manche Patiente eifach die doppelte Menge, wie die zugebe. Wenn Kinner, wo was verbockt habe, net alles zugebe, werde d’Eltern schon au e Mol lauter: „Muss ma dir jeden Brocke aus de Nas ziehe, kannsch net e Mol e bissle flüssiger schwätze?“

Uff die Frag antwortet der Jugendliche erst recht noch wortkarger, sagt womöglich gar nix mehr. Jetzt ergießt sich en Wortschwall über den pubertierende Sünder, e Art Schorle aus Beschuldigunge, Vorwürf, Aufforderunge un Appelle, der mit der Beteuerung endet, dass mas doch bloß gut meine würd mit ihm oder ihr.

„Dann lass mich jetzt in Ruh!“, lautet die trockene Antwort.

Der echauffierte Vater steht jetzt do, alleiglasse un leer, weil er sei Herzblut verströmt hat un nix damit bewirkt. Deswege muss er jetzt was trinke, am beschte en Schnaps. Den hätt er aber au getrunke, wenn der Bub einsichtig gwese wär. Bloß hätt er en sich dann zur Feier des Tags eigschenkt. Kurzum, un um zu eme Schluss un zur Frag vom Anfang zu komme: Ma trinkt net nur während ere Veranstaltung was, sondern ma trinkt au immer nach was was, egal was es war, e schöne Anstrengung, e freudiges Vorkommnis oder e zuverlässig wiederkehrendes, anstrengendes un kostspieliges Fescht, wie zum Beispiel Weihnachte. E helles Bockbier, en halbtrockener Rotwein oder en Kräuterlikör aus eme Kloster biete sich an. Des sin Getränke, die net nur gut schmecke un d'Verdauung fördern, sondern die in bester christlicher Tradition stehe un von daher wenigstens en gewisse Bezug zu der begossene Sach herstelle.

Eigentlich bin ich schon satt

Satt sei isch en deprimierender Zustand, weil ma s'Esse hinner sich hat. Aber der Zustand isch nur en vorübergehender, zieht eim net wirklich in die Tiefe, weil die nächschte Mahlzeit, uff die ma sich freue kann, in absehbarer Zeit bevorsteht. Mir lebe zwische Mahlzeite. In dene Zwischezeite, wo mir also net Mahl halte, nehme mir Zwischemahlzeite ein, e paar Ripplen Schoklad am Schreibtisch, en Apfel in der kurze inoffizielle Paus, en Rescht Kuche oder Käs beim Küchuffräume, dass se aus em Weg sin un eim net ständig widder in die Quere komme, oder zwei drei Weihnachtsbrötlen, wo provozierend aus em Pappteller mit grün-rote Weinachtsmotive rauswinke.

Dauernd sin ma irgendwie mit em Esse beschäftigt, obwohls kei hauptamtliche Tätigkeit isch, jedenfalls net bei de meischte Leut. Vom Esse ernährt sich, volkswirtschaftlich gsehe, nur en kleiner Teil, wie Köch, Kellner oder Konditore. Wenn mir wirklich emol net esse, sin mir mit Verdaue beschäftigt, mit Lebensmittel eikaufe, koche, Tisch decke oder mit irgendwas scheinbar ganz annerem, des ma in Wirklichkeit aber mache, ums Esse zu verdiene oder mir maches in aller Eile, um rechtzeitig zum Esse damit fertig zu sei.

Aber Esse allei langt uns net. Un mit was Gutem zum Trinke dazu sin ma au noch net zufriede. Mir wolle zum

Esse au noch unser Ruh oder aber nette Gesellschaft, mit der ma e unnerhaltsames Tischgspräch führe kann. Un e anregendes Ambiente, e sauberes Tischtuch, gepflegtes Gschirr, appetitliches Besteck un e gebügelte Serviett. S'Drumherum, s'Davor, s'Danach sin uns mindeschtens genauso wichtig wie des, was druff liegt uff em Teller.

Des isch aber natürlich au net unbedeutend. Beim eine muss sei Gwohntes druffliege, en annerer will lieber dauernd was anneres probiere, wie ers sonscht hat. Ma will net zuviel esse, net zu fett, net zu scharf, net zu fad, will sich net einseitig ernähre, net ungsund, sondern verdauungsfördernd, cholesterinbewusst, will nach em Esse net rieche, nach Wirtschaft oder Knoblauch, ma will bedient werde oder selber koche, dass ma wirklich sicher isch, was drin isch. Oder ma will mit dem allem gar nix zu tun habe, alles de Frau, em Italiener, Inder, Grieche oder Chines überlasse un sich ausschließlich an de gedeckte Tisch setze. Rund um die Tafel gibts so viel Wünsch un Vorsätz, Abneigunge, Gwohnheit un Rituale, wies Mensche gibt.

Manche bete vor em Esse, mache e Zeremonie draus oder sogar de Mittelpunkt von ere ganze Religion, annere degradieres zu ere lästige, unverzichtbare Notwendigkeit wie de Ölwechsel oders Tanke beim Auto, verabreiche in tatsächlich tankstelleartig organisiertem Ambiente durch Personal mit Schildmütz Fast-Food ohne Biss zum schnelle Neischiebe. Manche Leut schmatze, manche kaue jeden Happe bewusst dreißig

Mol, manche schlucke Riesebrocke fast unzerkaut un überlasse alles de Magesäure, manche spreize de kleine Finger.
Es gibt feschte Essenszeite un jede Mahlzeit hat en Name. In Norddeutschland heißts Abendesse Abendbrot, en Brunch isch e Angebot für Leut, wo net wisse, ob se lieber gut frühstücke oder nahrhaft zu Mittag esse wolle. Manche Völker haue erscht am Abend richtig nei, dann aber stundelang, drei, vier Gäng hinnerenannner. De letschte heißt Nachtisch, Dessert oder Dolce. Je älter d'Mensche werde, desto mehr lebe se uffs Dolce, uff de Süßkram hin. Die löffle ihr Supp nur aus, neme de Salat mit, de Brate mit Nudlen un Soß in Kauf, nur um ans Dessert zu komme. Kinner sin so ähnlich. Kinner un alte Leut esse de meischte Süßkram, alle annere esse natürlich au davon, verstärkt um Weihnachte rum. Aber natürlich net nur de meischte Süßkram. An Weihnachte wird überhaupt am meischte gegesse, wird sozusage meischtens gegesse. Schon s'ganze Jahr wird, wie beschriebe, dauernd ums Esse rum glebt, in de Weihnachtszeit dreht sich aber alles noch dichter un ausschließlicher ums Kulinarische.
Wenn ma e Schrittle von dem Karussell zurücktritt un beim Drehe zuguckt, isch do von ere Geburt net viel zu sehe oder von eme neue Licht am Himmel. Ma guckt uff e riesige, runde Tafel, an der scheinbar endlos viele Gäng uffgetrage werde, zwischedrin werde e paar Päcklen ausgepackt, en Haufe Gschenkpapier fahrt rum, e paar abgedroschene Lieder klinge rübber, die ma aber

immer widder gern hört, wie ma au e vertraute Landschaft immer widder sehe kann.
Oder ma guckt uff fernsehguckende Leut. Geht ma widder e bissle näher dran, um die besser zu sehe, dann isch zu erkenne, dass die, wenn au net am Esstisch sitzend, sondern in Verdauungsstellung im Sessel hängend, tatsächlich schon widder esse: „Eigentlich bin ich schon satt!“, stöhne se un kaue uff Springerlen oder Anisplätzlen rum, die als Dekoration de Couchtisch ziere solle. Optisch sin se aber au derart uffgmacht, dass net vorstellbar isch, dass die nur ageguckt werde wolle.

Theaterabo

Wenn d'Zeitung emol net im Briefkaschte steckt, wenn er aus em Bett kommt, isch d'Welt schon irgendwie in Unordnung, obwohl die nix wesentlich Neues bringt, wie ers in de Tagestheme am Abend erfahre hat. Nach dere Sendung geht er nämlich Zähn putze un dann ins Bett. Dort lest er noch zwei, drei Seite, küsst d'Annegret, die d'Tagestheme meischtens net mitguckt, oft schon schloft, un macht dann s'Licht aus. Morgens putzt er d'Zähn, nachdem er d'Rolläde hochgezoge, d'Zeitung oberflächlich durchgeblättert und d'Kaffeemaschin agworfe hat. De Tag kann ma im Prinzip überspringe. Er sitzt uff em gleiche Platz in de Straßebahn, der immer noch frei isch, weil er an de Endhaltestell eisteigt. Dort geht er ins Detail bei der Zeitung, grüßt de Pförtner in de Firma mit de gleiche Worte, hat de Bürosessel immer in de gleiche Sitzhöhe, esst um halbeins in de Kantin, trinkt zwische drei un vier ei Tass Kaffee, ohne Zucker, mit wenig Milch, abends zwei Flasche Rothaus Tannezäpfle, aus em Keller, net aus em Kühlschrank. Er hat noch Essgewohnheite, Tischmaniere, sexuelle un asexuelle Vorliebe un Aversione. Tausend Sache macht de Markus tausend Mol. Un des isch gut so. Für ihn. Perfekt sogar. Genau so will ers habe un net annerscht. Wenn d'Annegret vorschlagt, in e bestimmtes Theaterstück zu gehe, sage ma Mol „Romeo un Julia", des im

Staatstheater grad neu inszenziert wurd un e ganz ordentliche Kritik gekriegt hat, verweigert de Markus sich mit dem Hinweis, dass er des Stück schon emol gsehe hätt. Net annerscht argumentiert er, wenn sei bessere Hälfte mit ihm gern e Seminar über „Fußreflexzonenmassage in der Partnerschaft" besuche würd („So was Ähnliches habe ma doch vor Jahren schon emol gmacht") oder wenns ums Ziel für de nächschte Urlaub geht. Enweder seie se do schon zusamme oder er in seiner Jugend als Pfadfinder oder unlängscht grad gschäftlich erscht gwese. Nei, er wollt was Neues kennelerne. So uffs Innovative ausgrichtet kann er au sei. (Ma bucht dann regelmäßig in ere alpenländische Pension, aber für gewöhnlich natürlich schon immer in Vorarlberg oder Tirol).
De Markus hat also schon sei Rätselhaftes.
Wenn d'Annegret ihn verführe will, weiß se nie, wie ses angehe soll, uff die gwohnte Art oder mit was Neuem. Es kann sei, dass er so reagiert oder so. Wenn ses wie immer astellt, weiß se allerdings schneller, wie er druff isch, weil er do immer gleich reagiert (also so oder so). Wenn ses annerscht afangt, neues Dessous un so (also annere Farb, anneres Gewebe), dann reagiert er do druff zwar au irgendwie, was sonscht, aber doch net so ganz ausrechenbar wie beim Gwohnte. De Markus hat modifizierte Verhaltensmuster druff.
„Die ganz große Überraschunge gibts au in de dramatische un in de erzählende Literatur net", hat d'Annegret in de letschte Jahre, wo se wirklich viel von beidem

konsumiert hat, festgstellt. Sie liest in jeder freie Minut, am liebschte unner der neue Leselamp im Bett, die se vom Markus zum Geburtstag gschenkt un montiert gekriegt hat, un geht freitags („Theatertag“) mit de Karin mindeschtens zweimol im Monat ins Staatstheater, mol Oper, mol Musical, aber meischtens un am liebschte Schauspiel. De Markus schenkt ihr seit e paar Jahr schon zuverlässig zu Weihnachte e Abonnement fürs Badische Staatstheater, au so e Gwohnheit von ihm, un kei schlechte, weil er weiß, dass er mit dem Gschenk ankommt un d'Annegret sich hunnertprozentig freut. „Net nur Textilien, sondern au Texte sind nur aus maximal zwei Händ voll unnerschiedliche Materialie gstrickt“, so e Art Zwischeresümee von ihr (weil se weiterhin weiterlest un ins Theater gehe wird). Nach em erschte Akt oder nach zehn Seite weiß ma ungfähr, in welche Richtung de Dichter will un uff welche Art. Mol kennt ma de Mörder von Anfang an un isch nur gspannt, wie em de Kommissar uff d'Schliche kommt, mol rätselt ma bis zum Schluss, wers war, liegt aber meischtens schon einigermaße richtig; mol kriege sich die Liebende, mol net; wenns aktuelle Werke sin, isch noch irgendwie Inzest, Missbrauch oder Homoerotik ins Spiel verwurschtelt. E Tonleiter, hat en Komponist in ere Talk-Show gsagt, bestünd immer aus de gleiche siebe Ganztön un fünf Zwischetön un die könnt ma nur immer wieder neu mische, mehr net.

Vor dem kulturelle Hinnergrund kann d'Annegret em Markus net verdenke, dass er net dauernd s'Rad neu

erfindet un erwartet von ihm net mehr wie von eme Theaterbesuch oder eme neue Buch. D'Karin, ihr gute Freundin, gwinnt im Übrige mit ihrm Matthias ähnliche Einsichte, natürlich au deswege, weil se freitags s'Gleiche wie d'Annegret macht.
De Markus pflegt zu sage, dass er froh sei über so e belesene un im Kulturbetrieb verkehrende Ehefrau. Wenn se als regelmäßig so beim Sonntagsnachmittagsspaziergang ins Gspräch käme, wärs, obwohl sie immer die gwohnte Runde drehe würde, weil ma do weiß, wie lang ma braucht, nie s'Gleiche, weil d'Annegret ihn über die literarische Neuerscheinunge un -inszenierunge uff em Laufende halte würd. Un dass se freitags meistens unnerwegs wär, sei jo wohl überhaupt kei Thema in ere moderne Beziehung. „Im Gegeteil. Von irgendwo müsste neue Impulse ins Zusammelebe komme un warum net aus em Theater."

Solang jedenfalls, wie er net mit muss.
Weil au de Matthias sich ohne sei Karin abends net langweilt, immer e Beschäftigung hat (für gewöhnlich hockt er vor eme Bildschirm), wirds Staatstheater noch lang Freud habe an dene zwei zuverlässig wiederkehrende Besucherinnen.
Zwei regelmäßig verkehrende Ehepaare würde dort aber natürlich noch lieber gsehe.

Weihnachtseventmanagement

„Des Halbjahr, wo die Tage länger werde, hab ich lieber, aber es kommt mir immer viel kürzer vor, wie des, wos in de Herbst un Winter neigeht. S'Schönere isch immer au s'Vergänglichere." Überhaupt ging aber alles so rasend schnell rum, hat d'Henriette em Gundolf gegeüber geäußert. Vor vier Tag hätt ma sich noch ganz angstrengt Gedanke gmacht übers Esse, d'Gschenke, s'Programm, wo, wie un mit wem ma die Festtage verbringe wollt, jetzt seie se schon widder rum un ime halbe Jahr wüsst ma schier nimmer, wie ma die letschte Weihnachte verbracht hätt. „Oder weisch du noch, wie mir de Heilige Abend vor vier oder fünf Jahr gfeiert habe?"

„Natürlich net!", hat de Gundolf gsagt. „Sache, wo so ähnlich sin, bringt ma leicht durchenanner. Merke tut ma sich bloß des, was einmalig isch oder des, was wirklich immer haarscharf gleich ablauft." Wenns uff des ankäm, dass ma sich e bestimmtes Weihnachtsfest in besonderer Weise eipräge wollt, dann müschtsch entweder en Kopfstand mache un au sonscht alles uff de Kopf stelle oder du machschs ganz genauso, wie die zehn Jahr davor. Aber die kleine Abweichunge bei de Christbaumsort („Nordmann- oder Weißtann"), de Sozialform („mit Schwiegermutter oder ohne, mit eim oder zwei Enkel ..."), könnt ma schon nach kurzer Zeit nimmer ausenannerhalte, außer ma würds uffschreibe. Vom Uffgschriebene wüsst ma nachher aber au nur noch die Fakte un Zahle, d'Erinnerung würd die dann mit wilde Bilder uffülle, die mit dem tatsächlich Gwesene herzlich wenig zu tun hätte.

D'Henriette hat gnickt. „So ischs, Gundolf, ma sollt sich vorher net so viel Gedanke mache. Hinnerher isch alles doch en einziger Brei in de Erinnerung."

„Ganz so extrem ischs dann doch net, Henriette", hat de Gundolf eingwandt. „Immerhin, in dem Moment, wo sich die Sach ereignet, bisch dabei. De Augeblick isch aber verdammt kurz un jeder Aufwand an Sorge un Müh im Prinzip zu groß.

„Die nächschte Weihnachte werd ich mich bemühe so zu tun, wie wenn nix wär, werd ignoriere, dass en besonderer Tag isch. Mir esse Spaghetti aus em Vorratskeller, ziege Kleider an, die ma immer trage, höre Musik, die mas ganze Jahr hört, schwätze die gleiche Sache wie immer un gebe kein Pfennig Geld mehr aus wie sonscht, schenke uns nix, leihe en Spielfilm uff DVD aus, wie mas ame gwöhnlich Wochetag au ab un zu mache."

„Ich bin dabei!", hat de Gundolf eigschlage, e Hackfleischsößle zu de Spaghetti könnt ma sich allerdings schon gönne, des würd net aus em alltägliche Rahme falle. „Henriette, dei Idee isch überzeugend: E Weihnachtsfescht, wo mir absolut nix Bsonderes mache, wo mir die Feiertag wie ganz normale Tag verbringe, des bleibt im Gedächtnis hafte, do bin ich mir sicher. Übernächschtes Jahr, hat er fascht e bissle spitzfindig aller-

dings umgehend eigwandt, „müsse ma uns widder was anneres eifalle lasse. Beim zweite Mol isch nix Besonderes nämlich nix Besonders mehr."
D'Henriette war aber au gut druff un hat gekontert: „Beim zweite Mol, kann ma die Konzeption noch e bissle steigere, mir mache alles noch e Spur normaler, verzichte sogar uff Serviette, schwätze übers Gschäft un schenke uns net nur nix, wies Jahr davor, des wäre also die kommende Weihnachte (un nix heißt jo doch net nix, e Schächtele Praline oder e kleins Büchle krieg ich doch von dir, ganz konsequent bisch du nie), sondern mir schenke uns gar nix, absolut wirklich gar nix ... Danach allerdings, do hasch Recht, wenn ma die Idee nimmer steigern un breiter trete kann, begründet die Art zu feiern beziehungsweis net zu feiern, widder e Serie von verwechselbare Veranstaltunge, die ma net ausenanne halte kann."
Für die Zeit nach em übernächschte Jahr sammle die zwei jetzt Idee, habe geplant, en detaillierte Plan zu entwickle, wie jedes kommende Weihnachtsfest zu gestalte wär, damit es unverwechselbar würd im Vergleich zu de vorausgehende, sozusage zu eme einmalige, unvergessliche Event. „Mir sin uff em beschte Weg, aus Weihnachte was Besonderes zu mache", töne die zwei im Bekanntekreis un stoße, wie öfter, uff amüsiertes Kopfschüttle über ihre zwar nachvollziehbare Idee, die sich oft uff Naheliegendes beziehe, dann aber doch immer in ziemlich abseitige Richtunge schweife, e intressante Mischung halt.

Lotto

Siebter Januar. Sonntag. Eiskalter Wintertag ... Was draus mache ... Natürlich kein Sommertag ... aber doch en wohnliche immerhin ... Afange mit Milchkaffee ... Uff em Vormittagsspaziergang dann dampfenden Tee schlürfe aus em Schraubdeckel von de Isolierkann ... bei zwölf Grad minus, mitte im Winterwald ... begreife was Wärme isch ... Warmes Mittagesse ... Unner Bettdeck schlupfe ... Verdaue ... Am Nachmittag noch e kleines Streckle Langlauf ... Bewegung muss sei. Spätnachmittagssonn ... wärmt net, aber, mein Gott, isch die hell, isch die weiß ... isch die annerscht ... Thermoklamotte am Leib ... Welt erlebe wie en Aschtronaut ... drauße sei un trotzdem naus gucke ... vollkomme abgschirmt von de Kälte ... isoliert sei vom Klima, des herrscht ... Chemie konkret erlebe ... Heimfahre von de Loipe ... Sitzheizung ... die letschte Offenbarung ... Gas gebe im Fernsehsessel ... Landschaft zieht vorbei wie im Film ... vier Boxe liefern d'Musik dazu ... CD ... DDD ... Heiß dusche daheim ... danach Bodycreaming ... sich gegeseitig was Gutes tun ... Aloe vera ... dialogisiere im Therapeutejargon ... De Abend unner de Kamelhaardeck ... uff em Sofa ... Körperwärme verdopple ... en reale Film gucke ... über mediterane Naturschutzgebiete ... DVD mit Zeitlupe un Zoom ... im Glas rauchiger Inselwhiskey ... Im Torffeuer gereift ... im Bauch flackerts noch e Mol uff ... Italien im Blick, Schottland im Mage ... Passt uff de erschte Blick vielleicht net gut zamme ... harmoniert aber doch bestens ... Verdi hat schließlich au Macbeth vertont ... Zum Schluss noch e Runde zappe ... Lottozahle vom Wocheend ... intressiere uns net ... Null Uhr dreißig ... Mir komme net hoch aus em Sessel ... 4, 6, 12, 18, 24, 30 Zusatzzahl 36 ... Die Reih kenne ma, aus de Grundschul ... bloß de Vierer passt net ... Heieiei ... Wenn ma des gwusst hätt ... Mir tippe nie ... aber wenn ma des gwusst hätt ... vorher ... un en Schein ausgfüllt ... hätte ma gwonne ... Mir spiele nie ... e Vermöge hätte ma gwonne ... von wege ... eins ... zwanzig Vermöge ... wenn ma mitgmacht hätte ... Un dann? ... E Auto mit Sitzheizung? ... Mit CD? ... Habe ma schon ... Also kei neues Auto? ... Doch, natürlich e neues Auto ... größer ... sicherer ... neuer ... mehr Ausstattung ... Nur noch Markeklamotte ... Lauter neue Lampe im ganze Haus ... Designermodelle ... Dauernd Esse gehe ... Urlaub ... Alles gehobene Klasse ... Net uffs Geld gucke ... Net schlecht ... aber ... nix Neues ... net wirklich ... Ab ins Bett ... Morge früh isch d'Nacht rum ... Vielleicht sollte ma doch Lotto spiele ... Theoretisch kann ma au gwinne ... Un dann? ... Könnte ma sonntagsabends hocke bleibe un versumpfe ... bis Ultimo ... au nix Neues ... Ab ins Bett ... Morge früh isch d'Nacht rum ... Schluss mit de Feiertäg ... Ab morge fangts neue Jahr ... richtig an ...

Des macht er sonscht nie

George isch schon nach em erschte Leckerli zutraulich (getrockneter Pansen in Röhrenknochenform). Er isch e selte schönes, stattliches Tier, schwarzes Fell, perfekter Körperbau, wach, beweglich. Wenn ma gern en Hund hätt, wär des de richtige. Während sei Frauchen alle mögliche Bäumlen un mannshohe Büsch im Vorgarte mit Lichterkette umwindet, ma isch heutzutag bei de Erzeugung von adventlichem Flair nimmer uff Tanne fixiert, beißt de George eme vorbeijoggende Fremde in dem seeleruhige Ort, net ohne vorher die langweilige Stille kurz mit eme weithin hörbare Belle unnerbroche zu habe, ins Wadebein. Er beißt net wirklich, kei tiefe Fleischwund, d'Trainingshos isch net verrisse, er zwickt nur mol kurz. Ma sieht zwar sei tadelloses Zahnschema uff de Haut, die der Jogger uff Dränge vom Frauchen dann doch freilegt, des isch jo kei Affäre, er muss nurs Hosebein e Stück hochstreife, ma sieht aber kei Blut, e leichte, bald widder verblassende Rötung, mehr net.

„Wie mir des Leid tut!", wiederholt die Frau mehrfach. Sie wirkt betroffener wie der Gebissene, fascht e Idee zuviel Pathos schwingt in der Art, wie ses sagt, mit, zuviel jedenfalls für die leichte Blessur. „Sie müsse ihn erschreckt habe, so leise un plötzlich wie sie uffgetaucht sin. Mensche, wo renne un kein Krach mache, sin für en Hund verdächtig."

Der Jogger entschuldigt sich: „Er hätt zur Zeit, wegem doch schon leicht gforene Unnergrund, besonders gut gepolsterte Schuh mit ere mit Gel unterlegte Spezialsohle, um d'Gelenke zu schone, deswege sei er kaum zu höre. Dass er renne würd, sei beim Jogge net zu vermeide. Er bräucht aber halt sein Auslauf, möglichst jeden Tag, ob d'Sonn scheint oder obs schneit. „Ich bin wie ihr George, bloß dass ich mich selber Gassi führ." Normalerweis würd er sich laut räuspern oder künschtlich huste, wenn en Hund uff seiner Laufstreck unnerwegs wär, aber hinner der immergrüne Heck hätt er ihn net vorher gsehe. S'Frauchen beruhigt sich schnell widder, weil der Mann, der ihrn George so erschreckt hat, Einsicht zeigt. Sie gibt dem Mann noch e wichtige Information uff sein weitere Weg mit: „Des macht er sonscht nie!"

Der Jogger weiß des allerdings schon, weil er noch nie von eme Hund angebellt, angsprunge oder gebisse worde isch, der des sonscht macht. Hunde sin laut ihre Halter immer Ersttäter. Könnt ma sich beim Skifahre kein Fuss breche oder beim Motorrad fahre net s'Hirn eirenne, wäre des fade Freizeitvergnüge, mit dene bei keiner Frau au nur en Funke Bewunderung zu gwinne wär. En Hundebiss, wenn der net grad en Teil vom Wademuskel koschtet, isch e schöne Abwechslung beim sonscht doch ziemlich eintönige Dauerlaufe. Wer sich der Sportart mit Herz un Seele verschriebe hat, der nimmt en kleine Hundebiss gern in Kauf wie en Bungieespringer en Seilriss im Kalkül hat. Irgend en Kick brauchts.

Gsund lebe

Immer widder nehm ich mir vor, konsequent gsund zu lebe, alles zu unnerlasse, wo meim Körper schadet, nix zu esse un zu trinke, von dem ich weiß, dass es net gut isch für Gefäße, Herz un Leber. Ich will regelmäßig Gymnastik treibe, damit de Bewegungsapparat mobil bleibt. Drei Tag lang schaff ichs, nach solche Vorsätz zu lebe, dann schlag ich widder zu, vertrag alles beschtens, solang ichs uff de Zung hab, un sing e Loblied uff d'Lebensfreud. „Ich bin halt en Genussmensch!", bekenn ich dann, brauch noch net emol e Publikum dafür. Ich selber bin mir Zeuge gnug. Am nächschte Morge, wenns fette Esse im Gallebereich drückt, de Schädel von Rauch un Alkohol brummt, hat de Asket in mir widder Oberwasser un kriegt e halbe Woche lang s'Zepter. Kräutertees un viel Bewegung führe dann widder zu eme wunderbare Körpergfühl. Ich fühl mich gsund un unsterblich.

Tournusgemäß wechselt d'Regierung dann widder, vor allem aber natürlich in Zeite, wo sich Feiertag häufe, um Ostern oder Pfingschte rum, oder im Mai, wenn Himmelfahrt un Fronleichnam Kurzurlaube beschere. Vor allem aber zwische de Jahre will ma doch net faste. Wenn jemand Geburtstag feiert, will ma au kein Muffel sei. Kaffee, Christstolle, Gänsebraten, Weihnachtsbier und Sekt stehe also uff de Speisekart un zeige postwendend ihre Wirkung, im Befinde un uff de Waag. Ich tröst mich mit dem Spruch, dass au Gsunde sterbe müsse, dass jeder Tag, also au de diätetisch verbrachte, en verlebter Tag isch, der vom Maßband abgschnitte wird. Natürlich stimmt die Rechnung hinne un vorne net. Es isch die, die de Genussmensch gern uffmacht. De Asket kramt derweil medizinische Statistike vor, die alle Folge vom unkontrollierte Genuss uffzeige, empirisch abgsichert an Tausende von Fäll, un macht e einschüchternd-ernschtes Gsicht dazu, dass eim de Appetit uff alles, was schmackhaft isch, vergeht.

Für die nächschte drei Tag ...

Puschner liest aus seinem ersten Weihnachtsmini – begleitet von weihnachtlichen Gitarrenarrangements von Karl-Heinz Dörr und Armin Bitterwolf. „Mal voller Witz, mal beschaulich nehmen seine Geschichten oft eine unerwartete Wendung.“ *Die Rheinpfalz*

Infophono · 52 Min · € 12 · 978-3-88190-307-3

Amüsant und hintergründig werden die teuersten Tage des Jahres in 24 diesmal hochdeutschen Geschichten, Gedichten und Szenen beleuchtet. Kleine und größere Dramen spielen sich in Puschners Texten ab, ob auf dem großfamiliären Treffen am ersten Weihnachtstag oder bei der kleinfamiliären Planung des großen Weihnachtsmenüs ...

Wochen-Kurier, Heidelberg

64 Seiten · Hardcover · € 6 · 978-3-88190-438-4

Auch in Puschners letztem „Mini“ dreht sich alles um die Menschen und Begebenheiten in der Region. Ernste und heitere Momente, „klassische“ Szenen aus dem badischen Alltag – Puschner fängt auch hier die großen und kleinen Marotten seiner Mitmenschen auf unverwechselbare Art ein, stellt sie frech, witzig und selbstironisch dar.

64 Seiten · Paperback · € 5 · 978-3-88190-340-0